contemporanea

Le fiabe presenti in questo volume sono tratte dalla raccolta
Il Principe granchio e altre fiabe italiane di Italo Calvino.

www.ragazzimondadori.it

Prima edizione giugno 2015
Stampato presso ELCOGRAF S.p.A.
Via Mondadori, 15 – Verona
Printed in Italy
ISBN 978-88-04-65463-6

Fiabe Italiane

ITALO CALVINO

illustrato da
Irene Rinaldi

FIABE DI OGGETTI MAGICI

MONDADORI

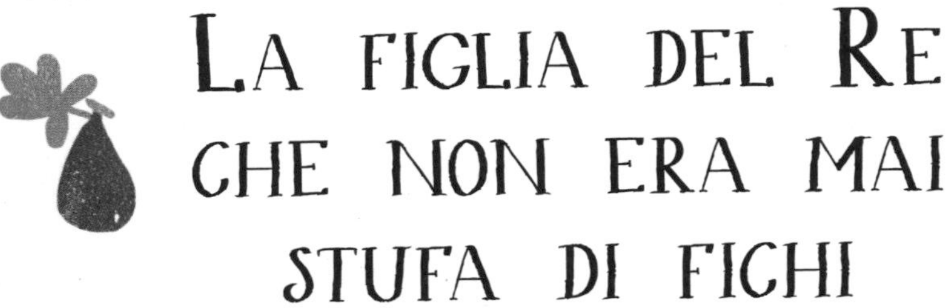

La figlia del Re che non era mai stufa di fichi

Romagna

Un Re mise fuori un bando, che chi era buono di stufare sua figlia a forza di fichi l'avrebbe avuta in moglie. Ci andò uno con un paniere e non faceva a tempo a porgerle i fichi che lei se li mangiava. Quando se li ebbe mangiati tutti disse: — Ancora!

C'erano tre ragazzi in un campo che vangavano. Disse il più grande: — Di vangare non ne ho più voglia. Voglio andare a vedere se stufo la figlia del Re a fichi.

Salì sul fico e ne colse un bel paniere. Si mise in strada; incontrò un vicino che gli disse: — Dammi un fico.

— Non posso — lui rispose — voglio stufare la figlia del Re e non so se ne ho abbastanza. — E continuò la sua strada.

Si presentò alla figlia del Re e le mise davanti i fichi. Se non faceva presto a tirarlo via, si mangiava anche il paniere.

Tornò a casa e il fratello di mezzo disse: — Anch'io ne ho basta di vangare. Vado a provare se stufo la figlia del Re a fichi.

Andò sull'albero, riempì il paniere, e via. Incontrò il vicino che gli disse: — Dammi un fico.

Il fratello alzò le spalle e continuò la strada. Ma anche lui se non faceva presto a portare via il paniere, la figlia del Re gli mangiava anche quello.

Allora il più piccino disse che andava lui.
Camminava col suo paniere pieno di fichi, e il vicino domandò un fico pure a lui.
— Anche tre — disse il più piccino e gli porse il paniere.

Il vicino mangiò un fico, poi gli diede una bacchetta e gli disse: — Quando sarai là, non hai che da picchiare in terra questa bacchetta, e il paniere appena vuotato tornerà a riempirsi.

La figlia del Re mangiò tutti i fichi del paniere, ma il più piccino batté la bacchetta e il paniere fu di nuovo pieno.

Dopo due o tre di questi colpi, la figlia del Re disse a suo padre: — Uff, questi fichi! Ne sono proprio stufa!

E il Re gli disse: — Hai vinto, ma se la vuoi sposare, bisogna che vai a invitare sua zia, che sta di là del mare.

Quando sentì questo, il più piccino ci restò male e andò via. Sulla strada del ritorno, ritrovò il vicino sulla porta di casa e gli raccontò la sua sfortuna. Il vicino gli diede una trombetta. — Va' sulla riva del mare e suona. La zia della figlia del Re che sta di là sentirà suonare e verrà di qua, e tu la condurrai dal Re.

Il più piccino suonò la trombetta e la zia venne di qua del mare. Il Re quando vide la zia, disse: — Bravo. Però per sposarti devi avere l'anello d'oro che s'è perso in fondo al mare.

Il più piccino tornò dal vicino, che gli disse: — Torna sulla riva del mare e suona la trombetta.

Lui suonò, e saltò fuori un pesce che aveva in bocca l'anello. Il Re quando vide l'anello disse: — In questo sacco ci sono tre lepri per il banchetto di nozze, ma sono troppo magre. Portale a pascolare nel bosco per tre giorni e tre notti, poi rimettile nel sacco e riportale qui.

Ma come si fa a riacchiappare delle lepri nel bosco? Il vicino, quando glielo chiese, disse: — Alla sera suona la trombetta, e le lepri correranno dentro il sacco.

Così il più piccino pascolò le lepri in mezzo al bosco per tre giorni e tre notti. Ma il terzo giorno venne nel bosco la zia, vestita da non farsi riconoscere, e gli disse: — Cosa fai, bel giovane?

— Bado a tre lepri.

— Vendimene una.

— Non posso.

— Dimmi quanto ne vuoi.

— Cento scudi.

La zia gli diede cento scudi, si prese la lepre e andò via.

Il più piccino aspettò che fosse arrivata quasi a casa, poi suonò la trombetta. La lepre scappò di tra le mani alla zia, corse nel bosco e tornò dentro il sacco.

Ci andò la figlia del Re, vestita da non farsi riconoscere.

— Che fai?

— Bado a tre lepri.

— Vendimene una.

— Non posso.

— Quanto ne vuoi?

— Trecento scudi.

Glieli diede e portò via la lepre. Ma quando fu vicina a casa, il più piccino suonò la trombetta e la lepre le scappò di tra le mani e corse corse finché non tornò nel sacco.

Ci andò il Re, vestito da non farsi riconoscere. — Cosa fai?

— Bado a tre lepri.

— Vendimene una.

— Tremila scudi.

Ma anche stavolta la lepre scappò e tornò nel sacco. I tre giorni e le tre notti erano finiti, e il più piccino tornò dal Re, che gli disse: — Ancora un'ultima prova, poi sposerai mia figlia. Devi riempire il sacco di verità.

Sulla porta c'era sempre il vicino, che gli disse: — Tu sai tutto quello che hai fatto nel bosco. Raccontalo e il sacco si riempirà.

Il più piccino tornò dal Re. Il Re teneva aperto il sacco e lui raccontò: — È venuta la zia e ha comperato una lepre per cento scudi ma le è scappata di mano ed è tornata nel sacco; è venuta sua figlia e ha comperato una lepre per trecento scudi ma le è scappata di mano ed è tornata nel sacco; è venuto lei, Maestà, e ha comperato una lepre per tremila scudi ma gli è scappata di mano ed è tornata nel sacco.

Erano tutte verità e il sacco s'era riempito.

Allora il Re capì che doveva dargli sua figlia.

Il pecoraio a Corte

Toscana

Un ragazzo guardava il gregge. Un agnello gli cascò in un botro e morì. Tornò a casa e i genitori che non gli volevano bene lo sgridarono e picchiarono; poi lo cacciarono di casa nella notte buia. Il ragazzo girò piangendo per la montagna, poi trovò un sasso cavo, ci buttò delle foglie secche e s'accoccolò alla peggio, rattrappito dal freddo. Ma a dormire non riusciva.

Nel buio, a quel sasso venne un uomo, e gli disse: — Tu hai preso il mio letto, temerario. Cosa fai qui a quest'ora?

Il ragazzo pieno di paura gli raccontò com'era stato cacciato da casa e lo supplicò di tenerlo lì per quella notte.

L'uomo disse: — Hai portato delle foglie secche, bravo! A me non m'era venuto mai in mente. Resta qui. — E si coricò al suo fianco.

Il ragazzotto si fece piccino piccino per non dargli noia e stette fermo senza muovere un dito fingendo di dormire, ma non chiudeva occhio per sorvegliare quell'uomo. L'uomo neanche lui dormiva, e borbottava tra sé, credendo che l'altro dormisse: — Cosa posso regalare a questo ragazzotto che m'ha riempito di foglie il sasso e che se ne sta così da parte per non darmi incomodo? Gli posso dare un tovagliolo di filo, che ogni volta che lo si spiega ci si trova un pranzo apparecchiato per quanti si è; gli posso dare una scatolina che ogni volta che s'apre c'è una moneta d'oro; gli posso dare un organino che ogni volta che lo si suona si mettono a ballare tutti quelli che lo sentono.

Il ragazzotto a questo borbottìo s'addormentò pian piano. Si svegliò all'alba e credeva d'aver sognato. Ma vicino a lui, sul giaciglio, c'era il tovagliolo, la scatolina e l'organetto. L'uomo non c'era più. E lui non l'aveva neanche visto in viso.

Cammina cammina arrivò in una città piena di popolo, dove si preparava una gran giostra. Il Re di quella città aveva messo in palio la mano di sua figlia, con tutto il tesoro dello Stato. Il ragazzotto si disse: "Ora posso far la prova della scatolina. Se mi dà i quattrini, mi metto anch'io in fila per la giostra." Cominciò

ad aprirla e a chiuderla e ogni volta che l'apriva c'era dentro una moneta d'oro lustra lustra. Comprò cavalli, armature, abiti da principe, prese scudieri e servitori, e si fece credere il figlio del Re di Portogallo. Alla giostra vinse sempre e il Re fu tenuto a dichiararlo sposo di sua figlia.

Ma a Corte, quel ragazzotto allevato tra le pecore non faceva che parti da maleducato: mangiava con le mani, si puliva nelle tende, dava manate sulle spalle alle Marchese. E il Re s'insospettì. Mandò ambasciatori in Portogallo e seppe che il figlio del Re non s'era mai mosso dal palazzo essendo idropico. Allora comandò che il ragazzotto mentitore fosse imprigionato sull'istante.

La prigione della Reggia era proprio sotto la sala dei conviti. Appena il ragazzotto entrò, i diciannove carcerati che erano là dentro lo accolsero con un coro di beffe, perché sapevano che aveva preteso di diventare genero del Re. Ma lui li lasciava dire. A mezzogiorno il carceriere portò la solita pentola di fagioli ai carcerati. Il ragazzotto si butta di corsa sulla pentola, le dà un calcio e versa tutto in terra.

— Sei matto! E che cosa mangiamo ora? Questa ce la paghi!

Ma lui: — Zitti: state a vedere — si toglie di tasca il tovagliolo, dice: — Per venti — e lo spiega. Apparve un pranzo per venti, con le minestre, le pietanze e il buon vino. E tutti cominciarono a far festa al ragazzotto.

Il carceriere tutti i giorni trovava la pentola di fagioli rovesciata in terra e i carce-

rati più sazi e vispi che mai. E andò a dirlo al Re. Il Re, incuriosito, scende in prigione e domanda come va questa storia. Il ragazzotto fa un passo avanti: — Sappia, Maestà, che sono io che do da mangiare e bere ai miei compagni, meglio che alla tavola reale. Anzi, se accetta, la invito ora stesso e son sicuro che resterà contento.

— Accetto — disse il Re.

Il ragazzotto spiegò il tovagliolo e disse: — Per ventuno, e da Re. — Venne fuori un pranzo che non si era mai visto, e il Re tutto contento si sedette a mangiare in mezzo ai carcerati.

Finito il pranzo, il Re disse: — Me lo vendi, questo tovagliolo?

— Perché no, Maestà? — rispose lui. — Ma a patto che mi lasci dormire una notte con sua figlia, mia legittima fidanzata.

— Perché no, carcerato? — disse il Re. — Ma a patto che tu stia fermo e zitto sulla sponda del letto con le finestre aperte, un lume acceso, e con otto guardie in camera. Se ti garba, bene, se no niente.

— Perché no, Maestà? Affare fatto.

Così il Re ebbe il tovagliolo e il ragazzotto dormì una notte con la Principessa, ma senza poter parlare né toccarla. E la mattina fu riportato giù in prigione.

Quando lo videro tornare, i carcerati cominciarono a canzonarlo a gran voce: — O babbaleo! Guarda lì il mammalucco! Ora torniamo a mangiare fagioli tutti i giorni! Bel contratto hai saputo fare col Re!

E il ragazzotto, senza scomporsi: — E non possiamo comprarci da mangiare coi quattrini?

— E chi ce li ha?

— State bravi — fece lui, e cominciò a tirare fuori monete d'oro dalla borsa. Così facevano comprare dei gran pranzi all'osteria lì vicina e la pentola di fagioli la versavano sempre in terra.

Il carceriere andò di nuovo dal Re, e il Re scese. Seppe della scatolina e: — Vuoi vendermela?

— Perché no, Maestà? — e fece lo stesso patto di prima. Così gli diede la scatolina, dormì un'altra volta con la Principessa, senza poter toccarla né parlarle.

I carcerati, quando lo rividero, ripresero le beffe: — Be', adesso siamo di nuovo a fagioli, stiamo allegri!

— Certo, l'allegria non deve mancare. Se non mangiamo, balleremo.

— Cosa vuoi dire?

E il ragazzotto tirò fuori l'organino e prese a suonare. I carcerati cominciarono a ballare attorno a lui, con le loro catenacce ai piedi che facevano rumore di ferraglie. Minuetti, gavotte, valzer, non si fermavano più; accorse il carceriere e si mise a ballare anche lui, con tutte le chiavi che tintinnavano.

In quel mentre il Re coi suoi invitati s'erano appena seduti a banchetto. Sentirono la musica dell'organino venir su dalla prigione, saltarono tutti in piedi e cominciarono a ballare. Parevan tanti spiritati, non si capiva più niente, le dame ballavano coi camerieri e i cavalieri con le cuoche. Ballavano anche i mobili; le stoviglie e i cristalli andavano in frantumi; i polli arrosto volavan via; e chi dava testate nei muri, chi nei soffitti. Il Re sempre ballando, urlava ordini di non ballare. A un tratto il ragazzotto smise di suonare e tutti cascarono a terra di colpo, col capogiro e le gambe molli.

Il Re, trafelato, scese alla prigione. — Chi è questo spiritoso? — cominciò a dire.

— Sono io, Maestà — si fece avanti il ragazzotto. — Vuol vedere? — Diede una nota con l'organino e il Re già alzava una gamba in un passo di danza.

— Smetti, smetti! — disse, spaventato. E poi: — Me lo vendi?

— Perché no, Maestà? — rispose lui. — Ma a che patti?

— Quelli di prima.

— Eh Maestà, qui bisogna fare nuovi patti, o io ricomincio a suonare.

— No, no, dimmi i tuoi patti.

— A me basta che stanotte possa parlare alla Principessa e che lei mi risponda.

Il Re ci pensò su e finì per acconsentire. — Ma io ci metto doppie guardie e due lampadari accesi.

— Come vuole.

Allora il Re chiamò la figlia in segreto e le disse: — Bada bene, io ti comando che stanotte a tutte le domande di quel malandrino tu risponda sempre di no e nient'altro che no. — E la Principessa promise.

Venne sera, il ragazzotto andò nella stanza tutta illuminata e piena di guardie, si sdraiò sulla sponda del letto, ben discosto dalla Principessa. Poi disse: — Sposa mia, vi pare che con questo fresco dobbiamo tener aperte le finestre?

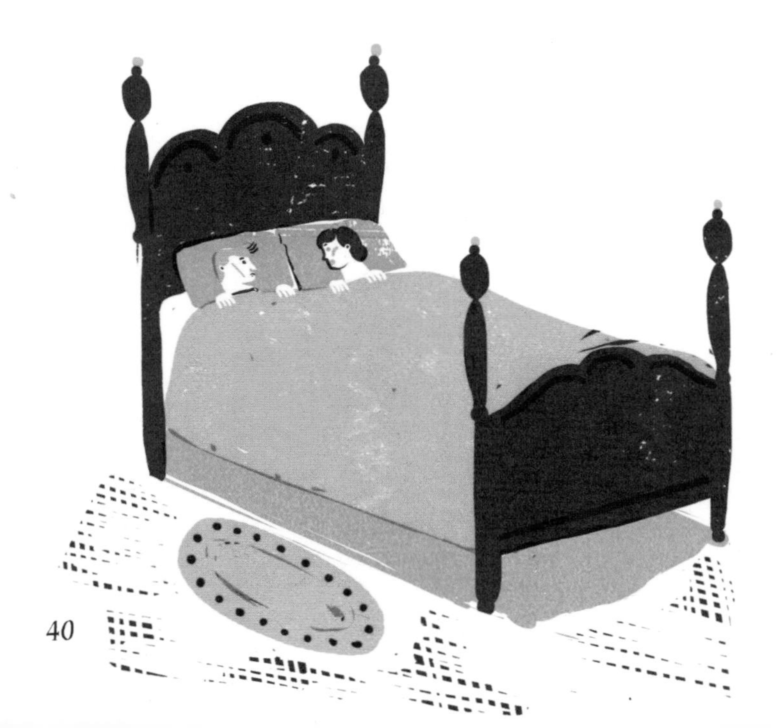

E la Principessa: — No.

— Guardie, avete sentito? — gridò il ragazzotto. — Per ordine espresso della Principessa, che le finestre siano chiuse. — E le guardie ubbidirono.

Passa un quarto d'ora e il ragazzotto dice: — Sposa mia, vi pare proprio bene che stiamo a letto con tutte queste guardie intorno?

E la Principessa: — No.

Il ragazzotto grida: — Guardie! Avete sentito? Per ordine espresso della Principessa, andate via e non fatevi più vedere. — E le guardie se ne andarono a dormire, che non pareva loro vero.

Dopo un altro quarto d'ora: — Sposa mia, vi pare bene stare a letto con due lampadari accesi?

E la Principessa: —No.

Così lui spense i lampadari e fece buio fitto.

Tornò a rincantucciarsi lì sull'orlo, poi disse: — Cara, siamo sposi legittimi, e ciononostante stiamo lontano come avessimo in mezzo una siepe di pruni. Ti garba questo fatto?

E la Principessa: — No.

Allora lui la strinse tra le sue braccia e la baciò.

Quando venne giorno e il Re comparve nella camera della figlia, lei gli disse: — Io ho obbedito ai suoi ordini. Quel che è stato è stato. Questo giovane è mio legittimo marito. Ci perdoni.

Il Re, preso alle strette, ordinò grandi feste di nozze, balli e giostre. Il ragazzotto divenne genero del Re e poi Re lui stesso, e da pastore che era ebbe la sorte d'acculattarsi un trono reale per tutta la sua vita.

L'anello magico

Trentino

Un giovane povero disse alla sua mamma: — Mamma, io vado per il mondo; qui al paese tutti mi considerano meno d'una castagna secca, e non combinerò mai niente. Voglio andar fuori a far fortuna e allora anche per te, mamma, verranno giorni più felici.

Così disse, e andò via. Arrivò in una città e mentre passeggiava per le strade, vide una vecchietta che saliva per un vicolo in pendìo e ansimava sotto il peso di due grossi secchi pieni d'acqua che portava a bilancia appesi a un bastone. S'avvicinò e le disse: — Datemi da portare l'acqua, non ce la fate mica con quel peso. — Prese i secchi, l'accompagnò alla sua casetta, salì le scale e posò i secchi in cucina. Era una cucina piena di gatti e di cani che si affollavano intorno alla vecchietta, facendole le feste e le fusa.

— Cosa posso darti per ricompensa? — chiese la vecchietta.

— Roba da niente — disse lui. — L'ho fatto solo per farvi piacere.

Aspetta disse la vecchietta; uscì e tornò con un anello. Era un anellino da quattro soldi; glielo infilò al dito e gli disse: Sappi che questo è un anello prezioso; ogni volta che lo giri e gli comandi quello che vuoi, quello che vuoi avverrà. Guarda solo di non perderlo, che sarebbe la tua rovina. E per esser più sicura che non lo perdi, ti do anche uno dei miei cani e uno dei miei gatti che ti seguano dappertutto. Sono bestie in gamba e se non oggi domani ti saranno utili.

Il giovane le fece tanti ringraziamenti e se ne andò, ma a tutte le cose che aveva detto la vecchia non ci badò né poco né tanto, perché non credeva nemmeno a una parola. "Discorsi da vecchia" si disse, e non pensò neanche a dare un giro all'anello, tanto per provare. Uscì dalla città e il cane e il gatto gli trotterellavano vicino; lui amava molto le bestie ed era contento d'averle con sé: giocava con loro e li faceva correre e saltare. Così correndo e saltando entrò in una foresta. Si fece notte e dovette trovare riposo sotto un albero; il cane e il gatto gli si coricarono vicino. Ma non riusciva a dormire perché gli era venuta una gran fame. Allora si ricordò dell'anello che aveva al dito. "A provare non si rischia niente" pensò; girò l'anello e disse: — Comando da mangiare e da bere!

Non aveva ancora finito di dirlo che gli fu davanti una tavola imbandita con ogni specie di cibi e di bevande e con tre sedie. Si sedette lui e s'annodò un tovagliolo al collo; sulle altre sedie fece sedere il cane e il gatto, annodò un tovagliolo al collo anche a loro, e si misero a mangiare tutti e tre con molto gusto. Adesso all'anellino ci credeva.

Finito di mangiare si sdraiò per terra e si mise a pensare a quante belle cose poteva fare, ormai. Non aveva che l'imbarazzo della scelta: un po' pensava che avrebbe desiderato mucchi d'oro e d'argento, un po' preferiva carrozze e cavalli, un po' terre e castelli, e così un desiderio cacciava via l'altro. "Qui ci divento matto" si disse alla fine, quando non ne poté più di fantasticare, "tante volte ho sentito dire che la gente perde la testa quando fa fortuna, ma io la mia testa voglio conservarmela. Quindi, per oggi basta; domani ci penserò." Si coricò su un fianco e si addormentò profondamente. Il cane si accucciò ai suoi piedi, il gatto alla sua testa, e lo vegliarono.

Quando si destò, il sole brillava già attraverso le cime verdi degli alberi, tirava un po' di vento, gli uccellini cantavano e a lui era passata ogni stanchezza. Pensò di comandare un cavallo all'anello, ma la foresta era così bella che preferì andare a piedi; pensò di comandare una colazione, ma c'erano delle fragole così buone sotto i cespugli che si contentò di quelle; pensò di comandare da bere, ma c'era una fonte così limpida che preferì bere nel cavo della mano. E così per prati e campi arrivò fino a un gran palazzo; alla finestra era affacciata una bellissima ragazza che a vedere quel giovane che se ne veniva allegro a mani in tasca seguito da un cane e da un gatto, gli fece un bel sorriso. Lui alzò gli occhi, e se l'anello l'aveva conservato, il cuore l'aveva bell'e perduto. "Ora sì che è il caso di usare l'anello" si disse. Lo girò e fece: — Comando che di fronte a quel palazzo sorga un altro palazzo ancora più bello, con tutto quel che ci vuole.

E in un batter d'occhio il palazzo era già lì, più grande e più bello dell'altro, e dentro ci stava già lui come ci avesse sempre abitato, e il cane era nella sua cuccia, e il gatto si leccava le zampine vicino al fuoco. Il giovane andò alla finestra, l'aperse ed era proprio dirimpetto alla finestra della bellissima ragazza. Si sorrisero, sospirarono, e il giovane capì che era venuto il momento d'andare a chiedere la sua mano. Lei era contenta, i genitori pure, e dopo pochi giorni avvennero le nozze.

La prima notte che stettero insieme, dopo i baci, gli abbracci e le carezze, lei saltò su a dire: — Ma di', come mai il tuo palazzo è venuto fuori tutt'a un tratto come un fungo?

Lui era incerto se dirglielo o non dirglielo; poi pensò: "È mia moglie e con la moglie non è il caso di avere segreti." E le raccontò la storia dell'anello. Poi tutti contenti s'addormentarono.

Ma mentre lui dormiva, la sposa piano piano gli tolse l'anello dal dito. Poi s'alzò, chiamò tutti i servitori, e: — Presto, uscite da questo palazzo e torniamo a casa dai miei genitori! — Quando fu tornata a casa girò l'anello e disse: — Comando che il palazzo del mio sposo sia messo sulla cima più alta e più scoscesa di quella montagna là! — Il palazzo scomparve come non fosse mai esistito. Lei guardò la montagna, ed era andato a finire in bilico lassù sulla cima.

Il giovane si svegliò al mattino, non trovò la sposa al suo fianco, andò ad aprire la finestra e vide il vuoto. Guardò meglio e vide profondi burroni in fondo in fondo, e intorno, montagne con la neve. Fece per toccare l'anello, e non c'era; chiamò i servitori, ma nessuno rispose. Accorsero invece il cane e il gatto che erano rimasti lì, perché lui alla sposa aveva detto dell'anello e non dei due animali. Dapprincipio non capiva niente, poi a poco a poco comprese che sua moglie era stata una infame traditrice, e com'era andata tutta quella storia; ma non era una gran consolazione. Andò a vedere se poteva scendere dalla montagna, ma le porte e le finestre davano tutte a picco sui burroni. I viveri nel palazzo bastavano solo per pochi giorni, e gli venne il terribile pensiero che avrebbe dovuto morire di fame.

Quando il cane e il gatto videro il loro padrone così triste, gli si avvicinarono, e il cane disse: — Non disperarti ancora, padrone: io e il gatto una via per scendere tra le rocce riusciremo pur a trovarla, e una volta giù ritroveremo l'anello.

— Mie care bestiole — disse il giovane — voi siete la mia unica speranza, altrimenti preferisco buttarmi giù per le rocce piuttosto che morir di fame.

Il cane e il gatto andarono, si arrampicarono, saltarono per balze e per picchi, e riuscirono a calar giù dalla montagna. Nella pianura c'era da attraversare un fiume; allora il cane prese il gatto sulla schiena e nuotò dall'altra parte. Arrivarono al palazzo della sposa traditrice che era già notte; tutti dormivano d'un sonno profondo. Entrarono pian pianino dalla gattaiola del portone; e il gatto disse al cane: — Ora tu resta qui a fare il palo; io vado su a vedere cosa si può fare.

Andò su quatto quatto per le scale fin davanti alla stanza dove dormiva la traditrice, ma la porta era chiusa e non poteva entrare. Mentre rifletteva a quel che avrebbe potuto fare, passò un topo. Il gatto lo acchiappò. Era un topone grande e grosso, che cominciò a supplicare il gatto di lasciarlo in vita. — Lo farò — disse il gatto — ma tu devi rodere questa porta in modo che io possa entrarci.

Il topo cominciò subito a rosicchiare; rosicchia, rosicchia, gli si consumarono i denti ma il buco era ancora così piccolo che non solo il gatto ma nemmeno lui topo ci poteva passare.

Allora il gatto disse: — Hai dei piccoli?

— E come no? Ne ho sette o otto, uno più vispo dell'altro.

— Va' a prenderne uno in fretta — disse il gatto — e se non torni ti raggiungerò dove sei e ti mangerò.

Il topo corse via e tornò dopo poco con un topolino. — Senti, piccolo — disse il gatto — se sei furbo salvi la vita a tuo padre. Entra nella stanza di questa donna, sali sul letto, e sfilale l'anello che porta al dito.

Il topolino corse dentro, ma dopo poco era già di ritorno, tutto mortificato. — Non ha anelli al dito — disse.

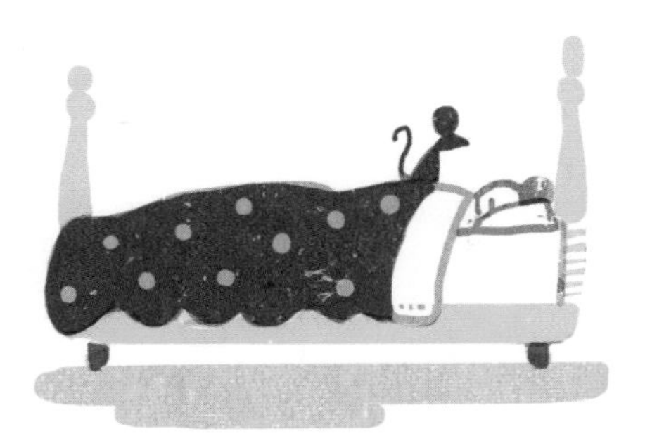

Il gatto non si perse d'animo. — Vuol dire che lo avrà in bocca — disse; — entra di nuovo, sbattile la coda sul naso, lei starnuterà e starnutando aprirà la bocca, l'anello salterà fuori, tu prendilo svelto e portalo subito qui.

Tutto avvenne proprio come il gatto aveva detto; dopo poco il topolino arrivò con l'anello. Il gatto prese l'anello e a grandi salti corse giù per la scala.

— Hai l'anello? — chiese il cane.

— Certo che ce l'ho — disse il gatto. Saltarono fuori dal portone e corsero via; ma in cuor suo, il cane si rodeva dalla gelosia, perché era stato il gatto a riprendere l'anello.

Arrivarono al fiume. Il cane disse: — Se mi dai l'anello, ti porto dall'altra parte. — Ma il gatto non voleva e si misero a bisticciare. Mentre bisticciavano il gatto si lasciò sfuggire l'anello. L'anello cascò in acqua; in acqua c'era un pesce che l'inghiottì. Il cane subito afferrò il pesce tra i denti e così l'anello l'ebbe lui. Portò il gatto all'altra riva, ma non fecero la pace, e continuando a bisticciare giunsero dal padrone.

— L'avete l'anello? — chiese lui tutto ansioso. Il cane sputò il pesce, il pesce sputò l'anello, ma il gatto disse: — Non è vero che ve lo porta lui, sono io che ho preso l'anello e il cane me l'ha rubato.

E il cane: — Ma se io non pigliavo il pesce, l'anello era perduto.

Allora il giovane si mise a carezzarli tutti e due e disse: — Miei cari, non bisticciate tanto, mi siete cari e preziosi tutti e due. — E per mezz'ora con una mano accarezzò il cane e con l'altra il gatto, finché i due animali non tornarono amici come prima.

Andò con loro nel palazzo; girò l'anello sul dito e disse: — Comando che il mio palazzo stia laggiù dove è quello della mia sposa traditrice, e che la mia sposa traditrice e tutto il suo palazzo vengano quassù dove io sono ora. — E i due palazzi volarono per l'aria e cambiarono di posto: il suo giù nel bel mezzo della pianura e quello di lei su quella cima aguzza con lei dentro che gridava come un'aquila.

Il giovane fece venire anche sua madre e le diede la vecchiaia felice che le aveva promesso. Il cane e il gatto restarono con lui, sempre con qualche litigio tra loro, ma in complesso stettero in pace. E l'anello? L'anello lo usò, qualche volta, ma non troppo, perché pensava con ragione: "Non è bene che l'uomo abbia troppo facilmente tutto quello che può desiderare."

Sua moglie, quando scalarono la montagna la trovarono morta di fame, secca come un chiodo. Fu una fine crudele, ma non ne meritava una migliore.

Il regalo del Vento Tramontano

Toscana

Un contadino di nome Geppone doveva coltivare un podere d'un padrone molto avaro, su per un colle dove il Vento Tramontano distruggeva sempre frutti e piante. E il povero Geppone pativa la fame con tutta la famiglia. Un giorno si decide: — Voglio andare a cercare questo vento che mi perseguita. — Salutò moglie e figlioli e andò per le montagne.

Arrivato a Castel Ginevrino, picchiò alla porta. S'affacciò la moglie del Vento Tramontano. — Chi picchia?

— Son Geppone. Non c'è vostro marito?

— È andato a soffiare un po' tra i faggi e torna subito. Entrate ad aspettarlo in casa — e Geppone entrò nel castello.

Dopo un'ora rincasò il Vento Tramontano. — Buon giorno, Vento.

— Chi sei?

— Sono Geppone.

— Cosa cerchi?

— Tutti gli anni mi porti via i raccolti, lo sai bene, e per colpa tua muoio di fame con tutta la famiglia.

— E perché sei venuto da me?

— Per chiederti, visto che m'hai fatto tanto male, che tu rimedi in qualche modo.

— E come posso?

— Son nelle tue mani.

Il Vento Tramontano fu preso dalla carità del cuore per Geppone, e disse: — Piglia questa scatola, e quando avrai fame aprila, comanda quel che vuoi e sarai obbedito. Ma non darla a nessuno, che se la perdi non avrai più niente.

Geppone ringraziò e partì. A metà strada, nel bosco, gli venne fame e sete. Aperse la scatola, disse: — Porta pane, vino e companatico — e la scatola gli buttò fuori un bel pane, una bottiglia e un prosciutto. Geppone fece una bella mangiata e bevuta lì nel bosco e ripartì.

Prima di casa trovò moglie e figlioli che gli erano venuti incontro: — Com'è andata? Com'è andata?

— Bene, bene — fece lui, e li ricondusse tutti a casa; — mettetevi a tavola. — Poi disse alla scatola: — Pane, vino e companatico per tutti — e così fecero un bel pranzo tutti insieme. Finito di mangiare e bere, Geppone disse alla moglie: — Non lo dire al padrone che ho portato questa scatola. Se no gli prende voglia d'averla e me la soffia.

— Io, dir qualcosa? Dio me ne liberi!

Ecco che il padrone manda a chiamare la moglie di Geppone. — È tornato, tuo marito? Ah sì, e com'è andata? Bene, son contento. E che ha portato di bello? — E così, una parola dopo l'altra, gli cava fuori tutto il segreto.

Subito chiamò Geppone: — O Geppone, so che hai una scatola molto preziosa. Me la fai vedere? — Geppone voleva negare, ma ormai sua moglie aveva detto tutto, così mostrò la scatola e le sue virtù al padrone.

— Geppone — disse lui — questa la devi dare a me.

— E io con cosa resto? — disse Geppone. — Lei sa che ho perso tutti i raccolti, e non ho di che mangiare.

— Se mi dai cotesta scatola, ti darò tutto il grano che vuoi, tutto il vino che vuoi, tutto quel che vuoi quanto ne vuoi.

Geppone, poveretto, acconsentì; e cosa gliene venne? Il padrone, grazie se gli diede qualche sacco di sementi grame. Era di nuovo allo stento e questo, bisogna dirlo, per colpa di sua moglie. — È per causa tua che ho perso la scatola — le diceva — e dire che il Vento Tramontano me l'aveva raccomandato, di non dirlo a

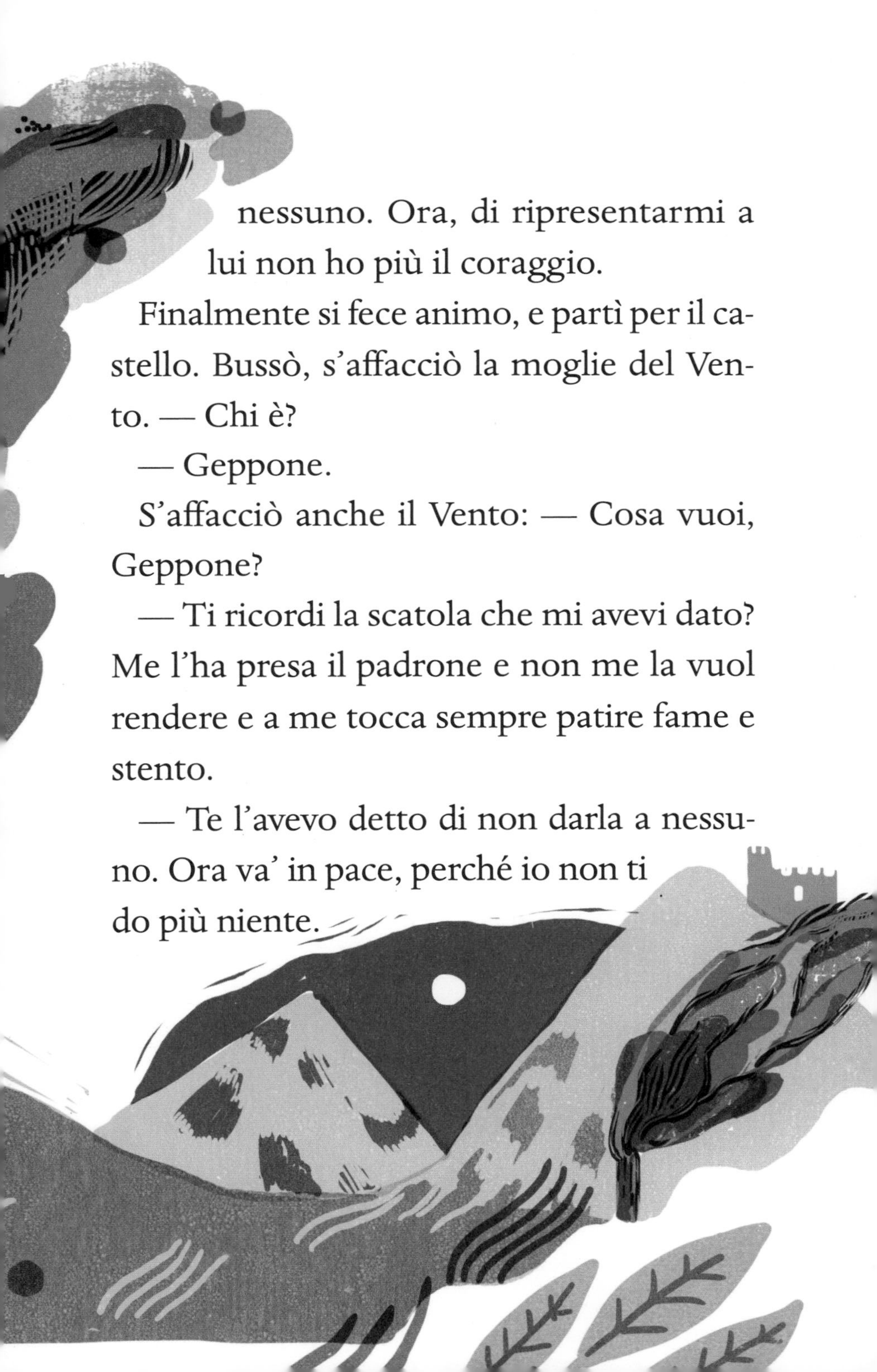

nessuno. Ora, di ripresentarmi a lui non ho più il coraggio.

Finalmente si fece animo, e partì per il castello. Bussò, s'affacciò la moglie del Vento. — Chi è?

— Geppone.

S'affacciò anche il Vento: — Cosa vuoi, Geppone?

— Ti ricordi la scatola che mi avevi dato? Me l'ha presa il padrone e non me la vuol rendere e a me tocca sempre patire fame e stento.

— Te l'avevo detto di non darla a nessuno. Ora va' in pace, perché io non ti do più niente.

— Per carità, solo tu puoi rimediarmi questa disgrazia.

Il Vento fu preso per la seconda volta dalla carità del cuore: tira fuori una scatola d'oro e gliela dà. — Questa non aprirla se non quando avrai una gran fame. Se no, non ti ubbidisce.

Geppone ringraziò, prese la scatola e via per quelle valli. Quando non ne poté più dalla fame, aperse la scatola e disse: — Provvedi.

Dalla scatola salta fuori un omaccione con un bastone in mano e co-

mincia a menare bastonate al povero Geppone, fino a spaccargli le ossa.

Appena poté, Geppone richiuse la scatola e continuò la sua strada tutto pesto e acciaccato. Alla moglie e ai figli che gli erano venuti incontro per la strada a chiedergli com'era andata, disse: — Bene: ho portato una scatola più bella dell'altra volta. — Li fece mettere a tavola e aperse la scatola d'oro. Stavolta vennero fuori non uno ma due omaccioni col bastone, e giù legnate. La moglie e i figli gridavano misericordia, ma gli omaccioni non smisero finché Geppone non richiuse la scatola.

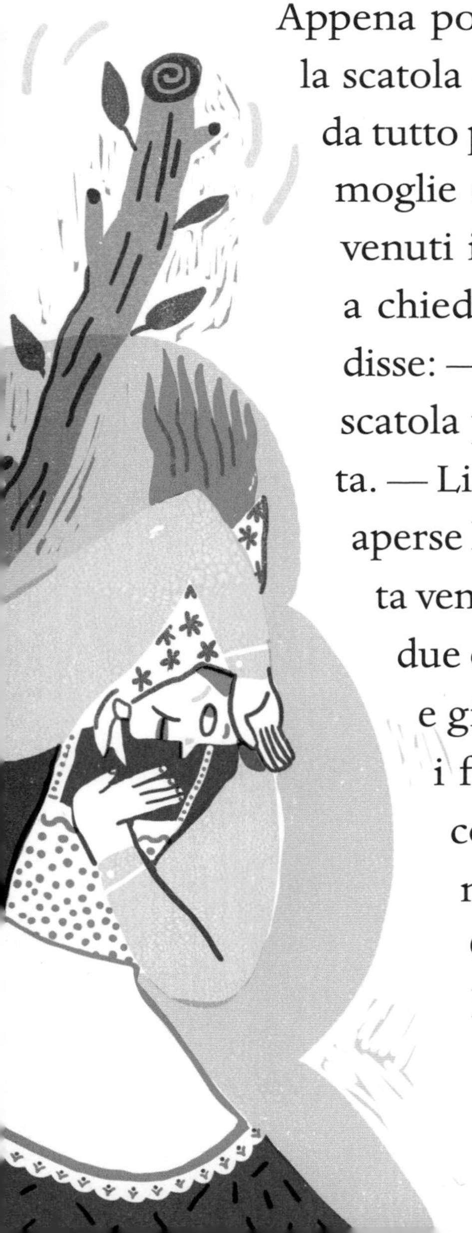

— Adesso va' dal padrone — disse alla moglie — e digli che ho portato una scatola assai più bella di quell'altra.

La moglie andò e il padrone le fece le solite domande: — Che è tornato, Geppone? E cos'ha portato?

E lei: — Si figuri, sor padrone, una scatola meglio dell'altra: tutta d'oro, e ci fa dei desinari già cucinati che sono una meraviglia. Ma questa non vuol darla a nessuno.

Il padrone fece chiamare subito Geppone. — Oh, mi rallegro, Geppone, mi rallegro che sei tornato, e della nuova scatola. Fammela vedere.

— Sì, e poi voi mi pigliate anche questa.

— No, non te la piglio.

E Geppone gli mostrò la scatola tutta luccicante. Il padrone non stava più in sé dalla voglia. — Geppone, dàlla a me, e io ti rendo l'altra. Che vuoi fartene tu d'una scatola d'oro? Ti do in cambio l'altra e poi qualcosa di giunta.

— Be', andiamo: mi renda l'altra e le do questa.

— Affare fatto.

— Badi bene, sor padrone, questa non si deve aprire se non s'ha una gran fame.

— Mi va giusto bene — disse il padrone. — Domani mi vengono a trovare i miei amici per andare insieme a caccia. Li faccio star digiuni fino a mezzogiorno, poi apro la scatola e gli presento un gran desinare.

Difatti l'indomani tutti quei signori andarono insieme a caccia la mattina, ma verso mezzogiorno tornarono e cominciarono a girare intorno alla cucina del padron di casa. — Stamane non vuol darci da mangiare — dicevano — qui il fuoco è spento, e non si vedono provviste.

Ma quelli più al corrente dicevano: — Vedrete, all'ora di desinare, apre una scatola e fa venire tutto quel che vuole.

Venne il padrone e li fece sedere per bene a tavola; e in mezzo c'era la scatola, e tutti la guardavano con tanto d'occhi. Il padrone aperse la scatola e saltarono fuori sei omaccioni armati di bastone, e giù botte da orbi su quanti invitati erano lì intorno. Al padrone, sotto quella gragnuola, cadde la scatola di mano e restò aperta, e i sei continuarono a picchiare. Geppone che s'era nascosto lì vicino accorse e chiuse la scatola: se no tutti quei signori restavano morti dalle bastonate. Questo fu il loro desinare. Geppone si tenne le due scatole, non le prestò più a nessuno, e fu sempre un signore anche lui.

Indice

La figlia del Re che non era mai stufa di fichi 5
Romagna

Il pecoraio a corte 19
Toscana

L'anello magico 45
Trentino

Il regalo del vento di tramontana 77
Toscana

PROVA D'ACQUISTO
978-88-04-65463-6
Fiabe di oggetti magici